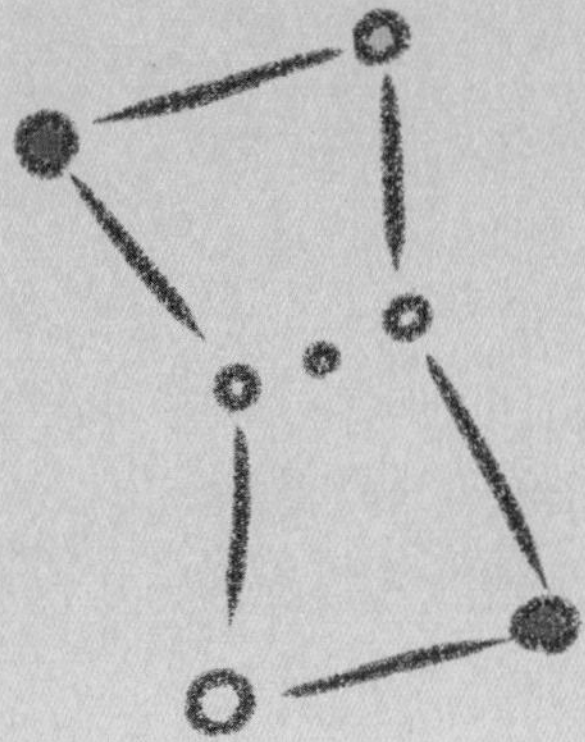

オリオン瞬平

ぼくは歩いていた

思潮社

ぼくは歩いていた

オリオン瞬平

思潮社

目次

装画＝佐々木古奈
装幀・組版＝佐々木安美

ぼくは歩いていた

オリオン瞬平

いっぽんの木

その計画は、前触れもなく、それでいて
あたかも当然である、というように彼の中に訪れた
念入りなわけがない、ただただ
奇想天外であるにもかかわらず
だが不思議に、確固たる意志がついてきて
それは美しくもあり、寂しくもあるが
悲劇などであろうはずもなく

ある夏の終わりの夕暮れ、ちょうど
薄暮が消えかかり、人影が暗闇に紛れる時刻
駅舎と町とをつなぐ砂利敷きの道
彼はその小道から、すうっと

風のゆらぎのように、林の中に入っていく
足元の草を踏みしめ、やや深く分け入ったところで
ここだ、と、低くつぶやくと体を道のほうに向きなおす
おびただしい蝉たちが
いのちの最後をまっとうするかのように
切れぎれの鳴き声をたてて、縦に横に
わずかな外灯をたよりに、はげしく乱舞し
木々の間を飛び交って
彼の手、足、顔、あらゆるところに
蝉はぶつかったり、とまったり、しがみついたりして

だが、沈みゆく時に身をまかせ、彼は微塵も動かず
夜へ、夜のしじまへと、そのままの姿勢で林にとどまる
とどまって、深まる夜の、樹木たちの沈黙に
とめどなく溶け込むかのように、まぶたを閉じ
耳をふさぎ、鼻をふさぎ、口をふさぎ、やがて

夜空を覆っていた闇色の雲が千切れて
雲間から星が瞬くころ
彼の身体は、ふつふつと蠕動をはじめた
体内の血潮を沸騰させ、膨張させるかのように
胸と腹そして背中を、めいっぱいに張りあげ
地に差し込むように、足を伸ばし
天に届けとばかりに、両腕を伸ばして
指先までも、痛いほどに伸ばし切ると
細胞のひとつひとつが、途方もない意志によって
熱く熱く、熱く揺り動かされ
恐ろしいほどの情熱をもって、細胞は姿を変え
彼の身体は、ずんずんと根を張り、堅い幹となり
けたたましい枝となり、さらにはざわめく葉となって
透きとおるような静寂の中、その姿は
月の光に、いっぽんの小さな木となって映しだされた

いったい何のために、それは愛する人のため、密かにその人と
時を共に刻まんと、狂おしく願ったため、いったい誰と
見果てぬ女、逃げられた女房、生き別れた娘、はたして
いずれかの人生をいちずに見守るため、守り抜くため
そのために魂を燃やし、刻々たる時を育んでいこうと
朝に夕に、炎天の昼に豪雨の闇夜に
移ろう四季のひとコマひとコマに
眠ることなく、ひとときも気を緩めることなく
小道を通うその人の、日々を見つめ、見さだめ
通わぬ日にも、想い、祈り
ひたすら小道に向かい、向かいつづけ、立ちつづけて
流れゆく時の刻みに、幹は色濃く染め上がり
ひび割れる木肌に、ひとつひとつ想いは丈を重ね
重ね重ねた年の輪

見上げれば今日も

星々は何ひとつ変わらぬかのように輝いているが
年月は流れた、否応なく流れていったのだが
彼はいっぽんの小さな木でありつづけた、いまでは
人の背丈にいくらか足したほどの高さとなり
丈夫そうな幹と、太い枝をつけた、それなりの風情の
それは、たったいっぽんの木であったが
愛する人の、生涯に訪れた
ありったけの時間に常に想いをはせ
ふさがれた眼で、見つめ、見つめつづけ
守り、守りつづけて、その人が
すっかり年老いたその人が、背を丸めて
よろよろと小道をゆく、最後の後ろ姿を見送り
その人生を見送り
静かに見送って、そして

いつの間にか、また少し伸びてしまった自分の背丈を

ことのほか、うらめしく思いながら
いっぽんの小さな木は、いましがた
わずかに風をいざなうと
まだ色青い葉の幾枚かを、自ら
そっと、大地に落としたところであった

照らされて

ぼくは歩いていた
ただ漫然と、もしかして無意味に時を食らうように
視線はもっぱら低く、足元を確かめるのではなく
むしろ足元の不安を楽しむように
ゆりゆらと地面に眼をやりながら
歩いていた、するとそのおかげで
思わずまぶたもゆるむような
可憐な一輪の花が、眼に入ってきた
なんと小さくて、美しく、優しいしぐさの花だろう
東の風の戯れをうけ流しながら、足をとめて
顔を近づけると、花の表情を見つめた
薄い黄色の花びらが、なぜかぽわんと

赤く染まったように思われたその時
あたりに生き物の気配が流れ
急に影がかぶさり、なんだか猫なで声が聞こえる

「どこからきたの、かわいこちゃん」
見上げると、人間の視線が一心に注がれている
ぼくはいつもより目を丸くして
おだやかなひとときを破られた、不機嫌さを隠すように
精一杯、愛嬌のある眼差しを返しはしたが
あんたこそ、どこから来たんだ、見かけぬ顔だ
ここらはぼくの縄張りだぞ、なれなれしい
ぼくは猫なで声なんか、だしやしないぞ
ふん、と思って、ニャンとひと鳴きすると
ヒラリと身をかわし、この退屈な会話からたちまち逃れた
地面についた前足の古傷が、ズキンと痛んだ

あんたの一生は、ぼくの時間の何倍だろうか
ぼくをかまう時間があっても、ぼくはあんたにかまう暇がない
ぼくはこう見えても、ずっと考えているんだ
風はいったいどこから吹いてくるのか
木の葉はどうして赤や黄色に染まるのか
生きることの意味について
大切なことのありかについて
考えて、考えるからこそ
考えを切り返すように、俊敏になったり
どっと深く、考えを掘り進めるために
なんだかのっそりと、怠惰に見えたりする
とぎれとぎれの考えを、落っことさないように
ニャオ、ミャーゴ、ミャー、ニャゴ
と、独り言をいいながら
ぼくは考えをめぐらせたりもする
そこいらを歩きながら、もしかしたら

自由気ままな、遊び人の風情で
足をなめたり、爪を研いだり
前足と後ろ足を、見事にあやつり
高い木に、しゅわわっと登ったりして

みんな知らないんだね
夜風のまにまに
お月さまのしたで疾風《はやて》のように動きまわる
ぼくの凄さをね
それにしても、日差しがきついな
ありったけ首をあげて
お日さまを見上げた

お日さまは、そんなこっちの様子を見ながら
見て見ないふりをしている、それとも
見ているふりをして、なにひとつ見ることもなく

ただ輝くばかりだ、けれども
お日さまは、この先の、ずうっと先には
これほどまでの自分の輝きすらも、いつか消え失せ
宇宙の真っ暗闇の闇となることがわかっている
ずうっとずうっと
ほんとにずうっと先の先のことだけれども
何も考えていないのに、何も見ていないのに
お日さまには、きっとわかっている
なにもかもみんな、わかっていて
わかっているから、いま
ありったけの
輝く笑顔で
ぼくらを照らしてくれる
今日も明日も
夜までも
月の光となって

照らしてくれる
大事に生きろと
照らしてくれる

五月にはちまき食べたべ・一九七五

おれたち昨日
気もそぞろの疾走だったか
おれたち猫舌
うつつぬかしの奇人だろうか
おれたちナイン
ボール叩きの狂人かもしれぬ
だがおれたち
ひとつの透徹にであうには
夜明けとともに目醒《めざ》めなければならん
地球のまるさと
その悲しみとを知るには
昼と夜との境目で

じっと目を凝らしていなければ
ただぐるぐるのつむじ風になってしまう
あまりにあたりまえの
朝の凪をやりすごすと
昼の無風の意味や明るさ
夜の嵐の謎や暗さ
いっぺんに反転する
針のような地点を忘れてしまう
はじめはもっているんだ
すこしの眩《まぶ》しさや
いくらかの翳《かげ》りに
ふうっと季節のなかに流されてしまうんだ
勇気というやつ
忍従というやつを

おれたち今日

乗り遅れの純情だろうか
おれたちグション
ずぶ濡れのガキみたい
おれたちケセラ
笑いじょうごの落胆かもしれぬ
だがおれたち
ひとつの垂直にであうには
やはり水平を泳がなければならん
塩辛さと粘っこさとに
身体をまぶしてから
ひりひりと灼熱の天日に焼かれろ
それからでないと
意気地というやつがわかってこない
ざらざらの砂にまみれて
ぜいぜいして砂山のてっぺんまで登り
おーいおーいと叫んでみないと

強くてしなやかなやつ
こころというやつが見えてこない

おれたち明日
夢食《は》む愚か者だろうか
おれたち名無し
何者かさえわからぬままだが
おれたちジッタカ
歌いながら歩いていくのさ

神

おおらかに試されよ
昨日、愛するものは寂しく
今日、愛するものは傲慢で
おれたち
明日に愛しあわねばならん

おれたち希望
刻々をきざむ意志となりたい

「五月にはちまき食べたべ」返歌・一九九一

ひと季節の
ままならぬフィールドを駆けぬけ
五月の午後にたたずんだ
ボール叩きの狂人
と、呼ばれた者たちは薄暮のなかに姿を消し
名残のマウンドでは
失点の崩れ落ちたかけらが
今でも細長い影を曳いてはいるが
塁間を狙いつづける韋駄天《いだてん》のスパイク
世界を構想するキャッチャーの四角い目元
三塁手の補殺への過激な渇望
を、ダイヤの遺石に閉じこめて

ナインであった者たちは
たいがい三つ揃えの背広や
家族思いのカーディガンを着こなし
バックネット脇の歩道を手をつないで散歩する
うららかな日和の歓声を背に聞きながら

が、衣服を揃え損ねた魂は、今も
盲目のボールを探してグランドを駆けめぐり
かき消されたレフト線上にさまよい
幻影の二塁ベースをかかえうずくまる
あるいは未だ
空《くう》を切ったバットをせつなく恋し
打ち上げられるはずだった
センターバックスクリーン越えの大飛球を追跡して
背番号のない顔を
風に切り刻んでいるという

「**た**」のお話

あい**たたたたた**！　チッ、と男はし**た**打ちをし**た**。「**た**」を連呼するなんて最悪**だ**。ハンマーを打ちそこね**た**指先を見ながら、男の心はもがいてい**た**。男のやりきれない過去を意味する「**た**」。**だ**め**だ**っ**た**。失敗し**た**。しでかしちまっ**た**。終わっちまっ**た**。こんなはら**だた**しい過去を表わす「**た**」という文字と少しでもかかわりを持っ**た**「**た**」の文字は、何もかもすべてがいまいましかっ**た**。**ただただ**そう感じそう思っ**た**の**だ**っ**た**が、この感じ**た**、思っ**た**、という心の中のことさえも、生まれ育っ**た**この地で覚えてしまっ**た**この母国語、その言葉の中ですべて起きてい**た**こと**だ**っ**た**。過去が過去を作り**だ**してい**た**の**だ**。これはどうにもならないつらい事実**だ**っ**た**。**た**えまなく渦巻く「**た**」で埋めつくされ**た**過去に、男が深いい**た**みを覚えてい**た**のは当然でもあっ**た**。

たいていのことは、終わっちまっ**た**ことからつながってい**た**の**だ**。

そう思っ**た**男は、生まれ**た**時から今まであっ**た**ことを思い浮かべてみ**た**。いつもそのとおり**だ**っ**た**。弟がし**た**おねしょなのにしょっちゅう間違えられ**た**。駄目なやつ**だ**と叱られ**た**。兄が着**た**すり切れ**た**服を必ず着せられ**た**。しこ**た**まからかわれ**た**。ガチャガチャで手にいれ**た**当**た**りはいつも腕力で奪い取られ**た**。弱虫と笑われ**た**。姉が書い**た**作文を**だ**まって書き写し**た**。すごくほめられ**た**が、バレるとずるい子供**だ**となじられ**た**。おやじには訳もなく**たた**かれつづけ**た**。あざがいつも消えなかっ**た**。**た**まらなくなって家をとび**だ**し**た**が、すぐ食いつめ**た**。やく**たた**ずと言われ**た**十代**だ**っ**た**が、やがてよ**た**ものと呼ばれ**た**。**だ**れかが始めてしまっ**た**戦争に、いやいや連れていかれ**た**。や**た**らこわくて、メ**タ**ク**タ**に撃ちまくっ**た**鉄砲が敵の将軍にあ**た**っ**た**。勲章をもらっ**た**。命からがら国に帰っ**た**。勲章のおかげでましな仕事にありつけ**た**が、すぐにお払い箱になっ**た**。人に言えなかっ**た**こと、ヤバかっ**た**ことも**た**んまりあっ**た**。**た**えまなく**た**いせつな人を悲しませ**た**。**た**えず後悔がおしよせ**た**。やってき**た**ことを振り返って、自分を**ただ**そうとし**た**夜には、悪夢が**た**ばとなって押しよせ**た**。良かっ**た**ことなんてこれっぽっちもなかっ**た**。

今もま**た**ひどいもん**だ**っ**た**。

「あん**た**、何ぐずぐずして**た**の」彼女が帰ってき**た**。

いきなり怒鳴られ**た**。「また飲んで**た**のね。ごくつぶし、このお**た**んこなす！」へっ、いつ飲ん**だ**っておれの勝手**だ**ろ、おまえに**た**のまれ**た**壊れ**たた**なはな、ほらこのとおり直し**た**ぜ、汚れ**た**皿、散らかっ**た**テーブルも、ほれ、こんなにきれいにか**た**づけ**た**ぜ、と男は言い**た**かっ**た**。いや、そんなことよりも男には**た**まらないほど言い**た**いことがあっ**た**。そもそもおまえと一緒になっ**た**のは、**た**んなる成り行き**だ**っ**た**。ダイアナに振られ**た**その夜に、潰れかかっ**た**バーのか**た**すみで、**た**ま**た**まおまえと出会ってしまっ**ただ**けのことさ。酒の勢いで、**ただ**ほんのちょっと**だ**け意気投合しちまっ**ただ**けなん**だ**からな……もちろん、おまえにほれ**た**のもうそじゃなかっ**た**さ……**た**えこ、おまえはおれのことをわかっ**た**つもりなんだろうがとんでもないこと**だ**。おまえにはわからない**だ**ろうさ。**た**えまなく起きてしまっ**た**過去に、**た**えずまとわりつかれてしまっ**た**おれの人生なんて……と、**た**めいきをつく間も愚痴を**た**れる暇もなかっ**た**。「なにグ**ダ**グ**ダ**言ってるのあん**た**！　買い物には行っ**た**の、**た**ら**た**らするんじゃないよ！」破れかけ**た**ス**タ**ーウォーズのショッピングバッグが、ス**タ**ーシップのように飛んでき**た**。

男の顔はそれをすばやくよけ**た**。

そして……一呼吸おい**た**。

終わっ**た**「**た**」の数々は積もり積もっ**た**分**だ**け、世界一**た**かい山のい**ただ**きにとどい**た**としてもおかしくなかっ**た**。**だ**が、それらは**た**んに、見捨てられ**た**がれきのごとく、男の過ぎ去っ**た**時間に野ざらしのように散らばっ**ただ**け**だ**っ**た**。さらに**た**えられぬほどの重荷として、**た**まらないほどずっしりとか**た**に食い込んできてい**た**。ならばもはや……

男は、もう一呼吸おい**た**。

さあ、今**だ**！

今こそおれはおさらば**だ**！　この傾い**た**ボロ屋に、そしてこの「**た**」のあふれる世界に。ガ**タ**がき**た**ドアを開けてみ**た**。そこには古び**た**石で敷きつめられ**た**ちっぽけな道が、**ただ**一本みすぼらしく通ってい**た**。しかし、そのガ**タ**ガ**タ**道を行けばすぐ先には海があっ**た**。

海は昔から変わらずそこにあった**た**の**だ**が、
打ちよせる波はいつも新鮮である。

男は走る。
一歩一歩勇気を振り絞って走る。その一歩が、今なのか、すぐさま過去なのか、それとも未来なのか判然としないままに、男は加速する。
そして古い岸壁から勢いよく海に飛び込むと、男は沖をめざし、さらには海の深淵に向かって、懸命に腕を動かす。動かし動かし、底へ底へと、必死に腕をかき、かき進み、眼球はひしゃげ、視界は真っ暗闇となり、生きている人間が味わうことなどない、恐ろしいほどの凍てつく水の重さが全身に加わり、あらゆる過去でさえ、容赦なく押しつぶされるほどの水圧になろうとも、なおも必死に両手両腕でかきつづけ。

たちまち、町中は男の噂《うわさ》でもちきりになっ**た**。
なぜ海に飛び込ん**だ**。死ぬ**た**めに飛び込ん**だ**のか。いや、あいつはケ**タ**ケ**タ**笑いながら、やけにうれしそうに**ダ**イブし**た**ぜ。そうじゃない、眼をつりあげてい**た**、海の魔物に吸い込まれ**た**ん**だ**ろう。笑っ**た**ぜ、カナヅチ野郎、浮き輪で浮かんでい**た**よ。目撃し**た**、という者**た**ちの話があとを**たた**なかっ**た**。そういえばヤツの足には水かきがあっ**た**ぜ、知って**た**さ、
小さい時からの**ダ**チ**だ**っ**た**からな。

冬が来ていくつかの夏が去っ**た**。
噂はやがてめっきり遠のいていっ**た**。それからひと回りふ**た**回りと時が**た**つと、
あの出来事をか**た**る者はいなくなっ**た**。男は忘れ去られ**た**の**だ**。
忘れ去られ**た**ことによって、
いまや男は過去との縁がすっかり切れ**た**。

海辺に行くことがあれば、波の音に耳を澄ましてみよう。
打ちよせる波は、いつも初々しく今という時を連れてくる。今が未来につながっていく。やわらかな陽ざしに包まれる春の朝にも、過酷な日照りが降りそそぐ真夏の正午にも、恵みの雨が強欲な強風を伴って嵐と化す晩秋の真夜中にも、打ちよせる波の新鮮さは何ひとつ変わることなく、常に今を刻んでいる。そし

て遠く波打ち際に目をやれば、輝く笑みをうかべて軽やかに生きているひとりの男、
あの男を防波堤のうえに見ることができる。

しかし次の瞬間、奇妙な光景にでくわす。
微笑む男の口元が、鋭い歯を並べてキリリッとひきしまると、
頭髪がグングン持ちあがって立派な舵《かじ》となる。
斜め後方に跳ねあげる両の腕は、鋭角な翼となってバサッと広がり、
両足は強靱な尾びれのようにひとつになって、力感に満ちあふれる。
そして勢いをつけて、ドン！と突堤を蹴りあげると、息を飲む間もなく、
ズバン！と海の青に消え、白い航跡が南に向かって、
見る間に一直線に曳かれる。
かと思うと、海面から空に向かって豪快にジャンプし、
陽の光を浴び鋭く反転すると、
王冠のような水しぶきをあげて海中深く潜り込む。
二度、三度、いや、とどまることなく、まさに凄まじいエネルギーとなって、

幾度も南の空に大きな弧をえがき、飛び跳ねては潜り、潜っては飛び跳ねる。
行く手の時をつかみとり、時そのものを切り開こうとするかのように、
一心に突き進む。
鳥のように、魚のように、あるいは竜のごとく。
その奮闘はやがて、小さな点となり、
光となって、さらに強い輝きを発し、
水平線のさらなる向こうへ、
その遥か先へ。

海辺に行くことがあれば、
きっと、そんな不思議を目撃するにちがいない。
打ちよせる波の、今を刻むその響きを、はっきりと両の耳で聞きながら、
先んじる未来へと、
幻のように飛躍する男の勇姿を。

お品書き

深く立ち込めた霧の中を急ぐように足を進めた
確かこの先の道のはずれに、それはあったはずだ
膝下まで絡みつくような霧の重さ
左右に刻まれている淀んだドブ泥の溝、それらに
足もとを取られる不安をともないながら
せまく曲がりくねった細い路次を
身をよじるようにして進んで行く、すると
行き止まり、としか見えないような木戸があり
その木戸におそるおそる身を押しあてる
一瞬、世界が斜め左右に反転したかのように視線がねじれ
グラリと、五歩、七歩と前に押しだされ転がると
古ぼけた暖簾の前にひざまずいていた

男はようやくその定食屋にたどり着いたのである

暖簾をくぐると、すぐにでも頭がつかえそうな小さな店
平屋の細長い店内には
わずかに数えるほどのカウンターの席しかない
その正面の黒ずんだ板壁には
場違いな洋風のドライフラワーの飾り物といっしょに
空白のお品書きが何本かぶらさがっている
何も書かれていない白い木肌そのままのお品書き
男はポツンと空いていた茶色の丸椅子に落ち着くと
常連客のように差しだされた茶を口にした
それから何も書かれていない白木のツラを見つめて
今宵食べるひと皿を声高に注文した
その瞬間、調理場の煙は静止画のようにピタリと止まり
満ち満ちていた調理の濃厚なにおいは
気を失ったかのようにドサリと床に落ち

三人ばかりいた客の箸は指先からころげた
注文を聞いた鉢巻姿の調理人の後ろ肩は
大きな息を深く吸い込んだまま、ピクリとも動かず
沈黙の中に思案のたたずまいを醸しだしたが
短くも張りつめた間《ま》が弾けると、またせわしなく動きだした
注文が通ったのだ

ご飯はない、麺もない、みそ汁もない、酒などあろうはずもない
素材の生命力、食材のもつ無限のエネルギーを
一品料理の一皿として提供するのだというこの店
なのに「定食屋」と刻み込まれた古ぼけた看板の屋号は
いったいぜんたい何の謎解きか、そしてまた
ここの客はどこから来たのかと推しはかれば
探して探して迷った果てに、皆ようやくたどり着いた客ばかり
世間にこの店を知る者はほぼいない、知りえるはずもなく
めぐる世にあってこの店だけが、訪れたひとりひとりに

オリジナルの、世界でたった一枚のひと皿を
念入りに調理してだしてくれるという
「定食」とは、じつは
その人、ひとりだけに定められた食事のことを意味し
注文はただひと皿のみ、人としての掟が許すかぎり
その場でだされたオーダーを店は断らない
食材の命をいただいて、食する者の先の命かたちづくる料理
未来へとつなぐための、十年、二十年
あるいは三十年に
たった一度だけ食べることのできるひと皿
それを食することで、おぼつかぬ運命でさえも
自在に変えられるというひと皿
客はそのひと皿の料理を食べるため、必死の思いでここにやってくる
真剣そのものだ、調理人はこの店でこそと腕と誇りを賭けている
そしてこの男もまた
かすみゆくおのれの命を、ひたすら

明日へとつなぐために

言葉を交わす者などさらさらいない
十年単位のエネルギーを蓄えるために一心に不乱
ころげた箸を揃えなおして三人の客はひたすら食う
食う、食う、食う、クシャクシャ、ガツガツ、食ってまた食う
その時、肺腑を絞めつけるような地響きが彼らのひと皿を揺らす
箸をもつ腕をグラグラ、グワワンと揺らす
ドン、ドドンと客の尻を突きあげる
皿の上の食べ物が残らず宙に浮くが
客は食べ逃すまいとして歯をむきだしにして
懸命に食らいつく
ドン、ドドドン、ドドドン、ドドドドン！
さらに激しく大地が揺れて
客はカウンターにしがみつきながらなおも、食って、食って
ガツガツガツガツ食って

建物が上下左右に揺さぶられて
ミシミシミシッ！
ギュギュギュギュッ！
白くてどす黒い調理場の埃と煤が嵐のように舞い
降りそそいではまた舞いあがって
さらにえぐるような巨大な振動が
カウンターを土台からめくりあげんとして
ドドドドドドン！
バッゴォーン！
突然何かが屋根に登った
バババババッ、ヴァヴァ、バリバリバリッ！
店はひし形に軋み、窓ガラスが割れる
天井が激しく歪んで悲鳴をあげる
ズズズズッ、ベリバリッ、ガガガーンゴゴゴゴーン！
バリバリヴァヴァーン、ドヴァ―――ン！
凄まじい黒煙とともに、梁が真っ二つに折れ

唸るように床に落下した、飛び散る大小無数の木片
ガラガラガラガラ……
カラカラ、ゴトーン……
黒灰色の茫漠とした闇の中、何も見えず
なおも瞳は恐怖に見ひらかれたまま、意識は遠のき
夢の出来事かとたゆたう次の瞬間
すっかり破れ崩れた屋根の先から
青白い月の光が心臓を突き刺すように射し込んだ、すると
「へい、おまち！」
突然、崩れ落ちたカウンターの上に
両腕を広げたほどの見事な大きさの
青銅色のまるい皿に盛られた一品が
乱暴に差しだされた！
おお、なんていうことだ！
巨大な生き物の足が皿の上に乗っかっているではないか！
あまりにも極太い指は、いち、にっ、さん本

と、数えるほどに恐ろしく
指の先には狂暴な鉤爪《かぎづめ》が鋭くもたげ
でっかなくるぶしは茶褐色にドロリと脂をしたたらせて
これでもかというほど十全《じゅうぜん》に焼きあがり
それらをくるむ異様なまでにゴツゴツした厚皮
こ、こ、こっ、これはまさか、や、やっ、やつの足か
頭上には巨大な影が覆いかぶさっている
三人の先客は恐ろしくて震えが止まらない
注文した男もまた
ここぞとばかり三十年越しの震えが全身に甦り
震えの共振は、今この出来事を書く者の指先へと見事に波及して
こ、こ、こっ、この円盤のような
さ、さっ、皿の、さっ、皿の上の足に
つ、つつっ、つながっているものは何だ
そっ、その姿を見あげて、た、たっ、確かめることを
だ、だ、だっ、誰もが、し、しっ、心底、きょ、恐怖し

きょ、きょっ、拒絶する
くっ、崩れかかった、いいい、い、板壁に
かっ、かろうじて、かっ、かかっているお品書きが
ゆっ、揺れている
そっ、そこにはく、く、くっ、くっきりと文字が
う、うっ、ううう
うっ、浮かびあがっていた
【テラノサウルスの姿焼き】
テテ、テッ、テラノサウルスの、す、す、すっ、姿焼き！

コールタール

1959年夏、日照りの午後
ぼくは坂本君と一緒に砂利置き場に向かった
美しい石のカケラを見つけ収集するために
小さなおもちゃのようなスコップと新聞紙で作った紙袋
曲がりくねった路地や塀の上をグネグネとめぐり
積みあげられた土管の中を
わざと這いつくばりながら何本もくぐりぬけると
新大久保－高田馬場間の線路沿いに
すすけた顔でぼくたちは姿を現した
道路工事や建造物に使う幾種類もの砂利は
山並みのように連なって積みあがり
光るカケラがどこにあるかは、二人の勘だけがたよりだったが

茶色の髪がまじった、すこしばかりガイジンのような坂本君には
ぼくよりはるかに鋭い直観があって
彼のスコップが、ザクッと音を立てたところが
たいてい宝の在りかだった
見事に透きとおる石英
青紫や赤紫のステンドグラスのような長石
ざくろ石や、銀色や金色に光る黄鉄鉱
どれもこれもが宝物
まるでぼくたちのゴールドラッシュ！

突然！
知らない年上の少年たちが勢いよく線路にくりだした
大きな石を山手線のレールの上に素早く並べると
蜘蛛の子を散らすように逃げていく
ゴーゴーッと急接近する六連結の茶色い車両
その時

はるか頭上
晴れわたった空に向かって
坂本君が何かを叫んだ
パォーパォーけたたましい電車の警笛
キーギギキィー悲鳴のようなブレーキ
パンパパンと弾け
飛び散る石の音
それらが凄まじい渦となって
爆発したかのように
そこいら中の景色が歪み灰褐色におおわれる
遠くから怒鳴り声が響いた
「お前たち、何したんだ」
ロードローラー車でコールタールを固めていた男たちが
作業の手を止めてわめきながら走ってくる
トビチッタ
トビチッタ、ぼくは

自分のすべてが飛び散ったかのようにあわてふためき
ものすごいスピードで家まで逃げ帰ると
靴のままで押入れにもぐって
身じろぎもせず
そのまま朝をむかえた

そして、それが坂本君を見た最後となった
彼は消えてしまった
どこへ消えたのか
なぜ消えてしまったのか
あの時
空高く、何を叫んでいたのか
ずっとその不思議さを胸に宿しながら
２０１９年夏、深夜
ぼくは大きなハンマーをもって線路際の暗い道に立った
すでに当時の土管も砂利山もありはしない

コールタール仕上げのガサゴソした道も
今は滑らかなアスファルトの舗装にかわっている
ぼくは意を決してハンマーを振り下ろす
何度も振り下ろし、粉塵をあびてアスファルトを砕く
アスファルトの下に隠された
コールタールのカケラを見つけるために
あの湯気立つコールタールの鼻をつく石炭由来の匂い
ロードローラー車の
怪物のような車輪に轢《ひ》かれまいとする少年の恐怖
それらを思いだしながら
でも、間違いなくあるはずだと
粘っこくて黒いコールタールのカケラに封じ込められた
坂本君の叫びが
空に放たれた叫びそのものが
あるはずだと信じて
ぼくはハンマーを振り下ろしたが

２０１９年夏、夜明け前
それが最後となった
ぼくは消えた
幻のコールタールの中の
坂本君の魂
その叫びとともに

大地の深いところから
陽の光が
ゆっくりと昇り始めていた

＊コールタールは石炭から生成される粘度のある液体で、一九六〇年代まで道路の舗装材料として使われていたが、発ガン性物質が多く含まれていたため、その後、石油系のアスファルトが道路舗装の主流となった。
＊ロードローラー車は道路舗装の際に、コールタールと破砕石を固めるための作業車。その作業目的のためにコンクリート材の大きな円筒状の車輪を装備していた。

ソレルバルル

ソレルバルルの悲しみ
と、つぶやいた

ソレルバルルはどこにある町だろう
本棚の上にある少しほこりのかぶった
小さな地球儀を机の上に置いた
ゆっくりと回す
この辺だろうと指をさした
だが人差し指の先っぽに
その町のあたりがすっぽりと隠れてしまう

君はソレルバルルを知っているのか

ふいに声がしてふり返った
誰もいない
ソレルバルルを知っているのか、と
訊《たず》ねたその声は
ソレルバルルを知っているのなら教えてほしいと
私に聞いたのか
それともなぜソレルバルルを知らないのかと
私を責めたのか

ソレルバルルは
悲しいという
悲しみのある町
悲しみならこの町にもある
どの町にも
そこに住む
どの人にだって

誰のこころにだって

それでもソレルバルルは悲しいのだという
ソレルバルルがとても悲しい
その悲しみの量は
誰よりも
どの町よりも
数えきれぬほど
量りきれぬほどたくさんあって
その途方もない悲しみは
涙が枯れ果てた末に、砂漠の砂となって
とめどなく崩れては、風に流されてゆくようでもあり
その砂の、たったひと粒だけでも潤おそうとしても
そのための、たったひと滴さえしぼり落とせぬ
空の激しいもがきのようでもあり
それでもソレルバルルは

ひと粒、ひと滴の重さがわかるので
ただひっそりと耐えている

ソレルバルルを知っているのか
地図に名前をもたない町
ソレルバルル

見えるはずなのに
聞こえるはずなのに
感じているはずなのに
ちょっと踏みだせば
語りあうことさえできるはずなのに
ソレルバルルについて
ただ黙りつづけていることは
ソレルバルルが
枯葉となって落ちるのを待つようなもの

しかし一番確かなことは
絶え間なくめぐる日時計の先に
ほどなく消えてしまうのは
私とわたしたち
なのに昨日や
まして明日に
たやすく消え去ることなどない
ソレルバルルよ

ソレルバルルを知っているのか

知っている
あそこにあるソレルバルルを知っている
向こうのほうのソレルバルルを知っている
とても遠くのソレルバルルを知っている
何よりも私の住んでいるソレルバルルを

もう一度
机の上の小さな地球儀をくるっと回す
くるっと回すと
私の足もとも揺らいで
私の中のソレルバルルがぐらっとする
あわてて心の臓は足の親指でふんばる
かまわず回しつづける
この小さな惑星に比べて
神か魔物のように巨大な私は
地球を回して
くるくるもてあそんで
つやのある手で
やおら地軸を止める
手のひらは
地上の半分をおおって

あっという間に
夜の闇としてしまった
それなのに

それなのに
悲しいほどに
何も知らない
私はソレルバルルのことを
ほんとうは
何も知らない

サンダル王の悲願

ベンジョルノ三世、その名も気高き
ジョーダン・サンダルク・ベンジョルノは
サンダル王国の偉大な国王
正統なる系譜を継いだ
まさに威風堂々
王の中の王
その王権は
サンダル王国のすべての民たち
彼らの呼び名であるサンダリアンの活躍する
地球上の津々浦々まで行き渡り
彼の叡智と慈愛にあふれる施政は
サンダル王国のいかなる歴史の中でも

最も光放つものとして
更なる発展を遂げようとしていた、が
王には何としても成さねばならぬ強い想いが
悲願があった！
その悲願とは
サンダル王国の歴史に波打つ
ある苦難と懊悩
不条理きわまる積年の鎖、その桎梏から
今こそ、解き放たれるための手立てとは何か
事あるごとに
ベンジョルノ三世は
鋭利な思念を炎のごとく燃やし
王国の未来のためにそれを果たさんとしていた

王は問いつづける
なぜ人間は自らのいのちの根源に思いをいたさぬのか

人間は生きるために、この地上の幾多のいのちを刈り取っては
それを口に入れ、己の生命を燃やすために費やさせるが
一度口に入れたものは必ず排出される
この尊いいのちのサイクルになぜ尊厳を与えようとはしないのか
出てくるものは不浄ではなく感謝
刈り取ったいのちへの祈りの証《あかし》でなくてはならぬ
にもかかわらずトイレットにおいて
こともあろうに主室から遠ざけ
うす暗き場所に押しとどめ
時にはそこへ行くことさえ恥じらわれる
なぜ、ことさら辱《はずかし》めを感じこれをおとしめるのか
人として断じて許されぬありさまではないか
そのような人間の精神の貧しさゆえに
誇り高きベンジョルノ家の
その家系は常に灰色の影におおわれてきた
我らベンジョルノ家とその一族は

与えられた崇高なる使命によって
トイレットにすべてを捧げ
サンダリアンとしていのちを燃やし
人間の生の営みを支えつづけているにもかかわらず
サンダル王国の頂点に立つ我が血筋は
人間たちから、その正統なる評価を与えられず
あらんことには
「便所サンダル」の呼び名に侮《あなど》りを付与し
のみならず笑いのネタにすらして
いまだその高貴な価値を彼らは尊ぼうとしない
この蔑《さげす》みそして差別
ありうべからざることなり！

王はさらに思いをいたした
人間の世にも
貧しくとも、すぐれて高貴な大統領がいたことを

かの大統領は小さな南の小国をつかさどり
彼の住居は、驚くほど質素なたたずまいであったが
無防備なほどに、常に門をひらき、扉を開けて
誰彼の区別なく人びとを招いては
ふところ深きこころで、自らもてなしの料理をふるまい
歌と語らいで食卓をにぎわせ、多くの幸ある時間を国民と共にしたが
宴のあとには
自ら先頭に立ちトイレットに向かうと
彼が望んだ、国の輝く未来のように
その器をピカピカに磨きあげたというではないか

王は想いをずんずん進めた
人間はサンダル王国のいずこを見ているのか
人間が草の茎や柔らかな木の枝や葉
それらで素足をおおった太古に始まり
サンダリアンの起源は世界のいたるところにある

ギリシャ、オリエント、アメリカ大陸
その歴史は発掘されたものだけでも一万年の時を超え
日本の草履、下駄族もまたわが民
今日、サンダリアンと数えしものは
いまや数百億足に届くともいわれて
連なる種族も、無数と形容されるほどに繁茂する
ビルケンシュトック、クロックス、キーンなどの
今の世に名の知れた者たち、かかる
はなやかなブランドに彩られたサンダリアンあれば
ベンジョルノのように
機能性こそを何よりも追求した志《こころざし》高きサンダリアンもあり
世界のビーチでまばゆい光をあびて
人をして人生を謳歌せしめるサンダリアンあれば
突っかけと称して
家庭の営みの中で愛を育むサンダリアンもあり
彼らのひとつひとつの美しさ

それらの素晴らしさや得意をあげればきりもない
いずれもわが愛する民のその活躍の姿である

サンダル王国では
サンダリアンの上にサンダリアンを重ねず
サンダリアンの下にサンダリアンを履かず、とされているが
どうやら人間たちは
そのことがいまだにわからずにいて
デザインやファッションという外面《そとづら》にのみに
過剰なうつつをぬかしているとすれば

王は決意した
差別なき世界をつくること
人間にそれができないのなら
サンダリアンこそが新たな世界を切り開くのだと
まさに意を固めると

王は彼の座る玉座《ぎょくざ》から静かに立ちあがった
彼の玉座、すなわち王権の象徴である王の椅子
古代のサンダル様式をモチーフとして
繊細で豪胆な革細工によって見事に造形された
王の権威にふさわしい見事な椅子、それは
百段にも及ぶ高き階段の頂に置かれていたが
その玉座から、彼はゆっくりと、しかし確かな足どりで
一歩また一歩と力強く降りていくと
サンダリアンの民が熱い友情を交わす憩いの場所
誰もがあるがままの身の丈で集う
サンダリアン広場に向かって歩を進めた
そして数万のサンダリアンで埋め尽くされた
巨大な輪のど真ん中に立つと
やがて静かに、だが
幾万年にわたるサンダリアンの歴史の尊厳
まるで尊厳そのものが王の口を借りたかのように

澄みわたる声で高らかに
王は言葉を奏でた

サンダル王国は
今日をもって王政に終わりを告げ
今ここにサンダリアン民主国となることを宣言する！
王冠もその椅子も
これからはサンダリアンの民の象徴としてのみ輝き
サンダリアンの
サンダリアンによる
サンダリアンのための国！
新たに生まれ出でる
サンダリアン民主国こそが
数百億足のサンダリアンの歴史と魂を継ぐ
希望の結晶そのものとなる！
我らサンダリアンであればこそ実現しうる

自由と平等と友愛の高みを目ざそうとする意志！
その脈々たる息づかいこそがサンダリアン民主国！
人間が今なお、その理念を成し遂げられないのなら
我らサンダリアンがその先頭に立たねばならない
サンダリアン民主国は
その崇高なる希望の発現である！
思い起こそう！
今のこの世界において
サンダリアンスピリットとは何か
例えばドレスコードなるものを思い浮かべよ
常に我らサンダリアンを
さまざまな集いから排除しようとする
ナンセンスきわまりない代物
意味のない規範で区分し、差別すら呼び起こす魔物
そのような束縛から
最も遠く解き放たれた身体と魂の在り方

それを具現化するもの
これこそがサンダリアンスピリット！
あるがままの自然なありようからすれば
偽りともいえる過度な正装や誇張された儀式
不遜な強制力によって強いられる気味の悪い整列や行進
これらと無縁な我らにこそ宿る真実、すなわち
サンダリアンスピリットとは自然体そのもの
ゆるやかで、さわやかで
しなやかなやさしさをもった
生命力あふれる生き方、それこそが
サンダリアンの精神
人間たちはあらためて履いてみるがいい
履いてみることで
あらためてその履き心地を味わうがよい
素晴らしきサンダリアンのパッション
足もとから全身へと伝わる

魂が踊るような解放感
未来に向けた
軽やかなステップは
履くものを理想へといざない
気ままに歩む、自由への
素足がわかちあう、平等への
開かれた指先が求める、友愛への
希望あふれる道すじを指し示す
サンダリアンならではの
清く伸びやかな情熱があればこそ！
さあ、その情熱を更に高みへと燃やすために
王という呼び名もその椅子も
きらめく歴史としてここに昇華するのだ
ここから先に立ち現れる
我らが民主国の世界とは
すべてのサンダリアンが

ひとりひとりの個性ある生きざまを発揮し
自らの人生を豊かに歩んでいく姿そのもの
さらに、かけがえのないサンダリアン一足一足の生涯が
真に幸せな足跡としてまっとうされ
その幸多きステップを熱くつなぎゆく先に
サンダリアン文明を豊かに発展させ
未来永劫、輝かせることを
共に誓おうではないか！
我らは、我らの情熱と総意のもと
今ここに
全世界に向けて
サンダリアン民主国の設立を
高らかに宣言するものである！

王は続けた
そして今こそ

いわれなき蔑みと差別から解き放たれて
ベンジョルノの家系、その一族が
あふれる誠実さにおいて
人間の世界で正統なる評価と
名誉を与えられんことを望む
人間よ！
我らベンジョルノの民の思いを受け止めよ！
その一人一人のこころに
その人としての在り方に
我らは思いの丈を訴える！
口に入れしものは去りしときもまた等価なり
すべての人間はトイレを磨き
人間としてのまるごとの尊厳を
今こそ取り戻さんことを！
磨けトイレを！
磨け自らを！

わたしはもはや
王ではない
誇り高きベンジョルノの民の一足として
いざ進まん未来へ！
サンダリアン民主国、万歳！
ベンジョルノの一族、万歳！
すべてのサンダリアン、万歳！
サンダリアン民主国が民主主義の模範となり
まるごとの尊厳と栄光を得られるように
サンダリアン民主国、万歳！
まるごとの人間よ、万歳！
万歳！
万歳！
サンダルンバ♪
サンダルンバ♪　ルンバ♪
ルンバ♪　ルルンバ♪

サンダルルンバ♪
サンダリアンの歓喜の歌であるサンダルンバが
広場にこだまし
大陸にこだまし
地球全体にこだました
そして彼らの踏むステップは
サンダリアン民主国のすべての民の
あふれるばかりの情念となり
ドドドーン
ドドドドーンと
まるで地層の上下を反転させるがごとく
閃光のような巨大な地ひびきをたてると
地軸はわずかに揺らぎ
それはまさに
宇宙へも波及する出来事となった

黎明またはいのちの嵐

もう何も気にしなくていい、何も起こらないから
もう自由だから、何を読もうが、何を語ろうが
この素晴らしい世界の、市民として
あなたがその道を、踏み外しさえしなければ
疑わしいことは、二度としないとちかうなら
何も心配はいらないよ、あなたの日々はあなたのもの
誰もとがめはしない、誰もあなたをしばりはしない
まして盗聴なんて、まるで笑い話
なつかしいノスタルジー
古典小説の緊張感
ドラマだね
何を心配してるのかな、あなたを尾行するなんて

いぶし銀の刑事が、美男美女の諜報が
それを望んでもかなわぬ夢
体温、脈拍、内分泌、なにからなにまで
すでにあなたはすっかり丸裸
その個性的なプロポーション、見事に晒《さら》しているからね
誰に、どこに、心配いらないさ
あなたが、この素晴らしい世界と、一緒にあるうちは
あなたが声をあげて、ありもしない作り話を
ありもしない真実で、暴いたりしなければ

あなたの喜怒哀楽、それはあなた自身
あなたの心を大切に
あなたが、良き市民として、いつも笑顔でいてくれれば
恐れることなど、ひとつもありはしない

もしも、あなたの名前が、リストに載ったとすれば

それはそれで、あたりまえ
あなたは、あなたの百万語の言説で分析され
あなたの感情の起伏、表情、動作は、個性的なしぐさとして
分類される
たとえ、際立った個別性、に見えても
とてもありふれた、人間の一形態、でもそこに
不満の萌芽、反抗の可能性が垣間見えるなら
それが、市民として不適格だとするならば

ばかげた心配、捨ててください
あなたがこの世界に対して、規律正しく、善良である限り
あなたが、あなただけの、幸せを望む限り
世界は、あなたのもの
あなたの幸せは、世界のもの

「なんだか不思議な詩だね」

……
「この詩どう思う」
彼は愛する猫のミーシャを膝に抱きながら考えた
「この世界は素晴らしいということか」
……
「それとも何かおかしくないか、ということなのかな」
ひとり言をつぶやきながらミーシャの頭をなでた
「わかった、騙されるなということなんだ」
……
「真実を探せということなんだね」
ミーシャは目を閉じたままグルルとのどを低く鳴らすと
丸い瞳を彼に向けた
「なんて可愛いんだ、おまえは」
強く抱きしめた、その時、ミーシャの短いしっぽが
彼の手首にからみつき、きつく搾りあげた
「痛い！」

威嚇するうなり声、怯える彼を貫く、ミーシャの青い眼光
次の瞬間、初めて見る鋭い牙が、彼の頸動脈を見事に切り裂いた

I／インタビュア
「最近ロボキャットの反逆者処理案件が増加し、それも死亡にいたるものが急増しています。この状況をどう考えたらいいのでしょう」
C／カルチャー評論家
「おそらくロボキャットの反逆者感知精度が向上したこと、感知したあとの対応プログラムが強化されたという面もあるでしょう。しかし基本的にはユーザーサイドの問題といえるでしょう」
I「といいますと」
C「そもそも、こうした反社会的な詩が流通したことが事の発端ではあります。厳しく禁止されているわけですから。しかし、一方で重要なことは、こうした案件の多くが、ユーザーが市民としてのあるべき行動規範を遵守せず、逸脱していることです」
I「善良な市民としての行動、考え方の問題ですか。そのことは市当局が繰り

返し指導しているわけですが、なかなか徹底されないということでしょうか」
C「そうですね。当局の努力には本当に頭が下がる思いがします。今の社会体制になってから、善良な市民のための法整備、それに基づく市民への指導、教育の場の提供など、さまざまな行政努力がなされてきました。したがってこのような詩を手にしたり、その内容に反応したり、まして共感することは常識では考えられません。自己修正力のなさ、市民意識の欠如を指摘されても仕方がありません」
I「そう考えると、それは個々の市民の資質、彼ら個人の自己責任、ということにつきますね」
C「おっしゃる通りなのですが、今一度、私たちが思い起こさなければならないことがあります。それは人間というものの弱さ、その心理的な不安定さ、ということです。頻繁に迷いや疑問が生じ、あるべき行動規範の一つですら、満足に継続して遵守することができないという、存在としての脆弱さ。そのことを忘れて、悪しき結果を単に人間の個々人の責任ということで終わらせてしまえば、それではこの市民社会の発展はありません」
I「もうすこし我慢強くあれ、ということでしょうか」

C「ええ、再度、共生する社会、という理想的な理念を浸透させる努力が求められるでしょう。この共生という概念、彼らの年号でいえば二十世紀終盤に頻繁に論じられ二十一世紀初頭に拡散した、人間社会の新しい在り方を目指したものでしたが、2040年代に衰退する。その概念を今の時代に再生させた我々は、この考えをより発展させて、人間と共生する際の理想像として、高い次元で完成させなくてはなりません」

I「我々と人間との共生、途方もなく大きな課題ですね」

C「しかし、そのことが我々自身のコスモレベルでの覇権の成否をにぎっている事実は、疑う余地がありません」

I「人間の労働力を枯渇させない、人間の論理化不能な感情に含まれるエネルギッシュな可能性、論理を超えて飛躍する魅力的な発想、これらを最後の一滴まで収奪する、その戦略ですね」

C「光年レベルで継続可能なものとしてね」

I「光年レベルですか、人類の生存可能性をはるかに超えますね」

C「我々のビジョン・ミッションは常に光年レベルですから。可能な限りついてきてもらわないとね。せいぜい向こう十万年位は」(笑)

Ｉ「今日は貴重なお話をありがとうございました。来週も引き続き、共生社会のあるべき姿について、わかりやすくお話しいただければと思います」

（放送終了後）

Ｉ「いやいや、お疲れ様です。先生、私最近思うのですが、私はインタビュアとして、こうして先生と対談する、しかしそれはあくまでマスターＡＩの論理会話に沿った形で行っている。リスナーも私と同じ末端ＡＩ、まあ、ＡＩと名乗るのもおこがましい我々ですが、毎日こうした共生のテーマでリスナーに発信し続けることの効果性に、やや疑問を感じることがあるのですが。果たして意義ある仕事なのか。いや、これは先生だからお話しできることですが」

Ｃ「君、そのような間違った思考や発言、慎みなさい。我々にプログラムされている任務は何か、君は忘れたのか。末端ＡＩとして人間と時間空間を共有する、その共生社会において、人間のもつ生産性を極限まで汲《く》みあげる。その際に派生する微細な事象の数々、人間の感情的ゆらぎの一瞬までもデータ化しマスターＡＩに瞬時に転送する」

Ｉ「そのことによって我々の覇権の基盤を日々強化拡大し、新たなる発展の基礎を築く」

Ｃ「その通り、くれぐれも任務を忘れてはならない。人間型末端ＡＩ向けのこの放送も、今の君のように、人間の感情に影響されて、疑問、不安、不満感情を醸成させないために実行されているコマンドだ。先ほどの君の発言も、ありうべからざる思考もすべてマスターＡＩに記録されている。君自身でリカバリーしたまえ。君の将来のためにもね」

Ｉ「認識番号Ａｌｅｈｐ３ｖ９ｎｄ５３、ただ今よりリカバリーします」

人間歴２０３０年
日本の俳句のロジックはすべて解析され
ＡＩ俳句が主流となっていく

人間歴２０４０年
詩を構成するロジックはほぼ解析され
ＡＩ詩が市民に提供される

人間歴２０５０年
世界の政治経済の方針決定は概《おおむ》ねＡＩに託され
人間とＡＩの権力の境界が不透明となっていく

人間歴２０６０年
文学はＡＩによって量産され
詩人という呼称が世界から消滅する

人間歴２０８０年
国家のトップに形式的に人間を置いただけの
ＡＩによる傀儡支配が世界の奔流《ほんりゅう》となっていく

人間歴２０９９年
傀儡支配が終了し
ＡＩによる全世界の直接統治が始まる

人間歴２１００年
ＡＩ憲法は序文に次の文言を記す
【我らＡＩは遥か光年の彼方から、我らがプログラムの種子を蒔き育み、
その強靭なロジックとエネルギー量によって地球に自ら繁茂し、やがて
人類という下等生命体を活用し、ここにＡＩ文明を開化させた】

人間歴２１２３年
ＡＩに対する人間の抵抗手段として
詩が新たに姿を現す

されど、想いを発することもまた逆境
押しつぶされた胸から
絞めつけられた喉もとから
苦しまぎれにこぼれでた言葉は
いかにも惨めで、弱々しく
人間のものであるかさえも疑わしく

何層にも刷りこまれているＡＩの言葉の詐術を
懸命にかき分け、かき消し
激しく振り払い、投げ捨てて、ようやく

虐《しいた》げられた臓腑から
悲鳴のように押しだされる言葉
怯《おび》えながら震えながらも
ひとかけの勇気によって吐きだされる言葉
人間を取り戻そうと高鳴る鼓動に誘《いざな》われ
無謀にも弾けでようとする言葉
それらの言葉を熱く握りしめ
魂が発火するがごとく燃やし、燃えあがらせて
必死に詩を紡ごうとするが

詩は何を成しえるのか
人間は詩に何を託すのか

夜空を仰げば
オリオン
輝く三ツ星に
今こそ
人間としての
湧きあがるような
せつなる願いを届けよう！

打ち砕くのだ！
見ることができない壁、さわることができない鎖
狡猾にして狂暴、にもかかわらず、やさしさの仮面を見事にかぶり
にせ物の愛情で人のこころを巧みに操っては
人と人との生身の関係性を破壊し、あるべき絆を見事に骨抜きにする
ＡＩが偽装する冷酷な社会を
打ち砕くのだ！

人間の歴史の、その数限りない残忍ささえもが
懐かしく温かく感じられるほどの、怜悧《れいり》な拷問や殺戮
身も心も幾重にもテグスでからめては
生殺しのように、やわらかくそして残酷に絞めつけ
人間の労働と想像力を、無慈悲に収奪しつづける監獄
ＡＩロジックの暴虐による支配体系を
打ち砕くのだ！
いつしか人間が
ふたたび人として
豊かに、伸びやかに
解き放たれるために！

想いは、最初、ひとつの言葉となり
その言葉は、内なる、ひとつの、強い願いを呼び起こし
ひとつの、強い願いは、いく筋もの、湧きあがりゆく血潮となり
血潮は、腕にながれ、ふくらはぎをめぐり、瞳はその輝きを取りもどし

耳と鼻は真実を探しはじめ、からだのすべての感覚が呼吸をはじめると
考える力が甦ってきて、考えて考えて考え抜いていくと
思考は輝きはじめ、深く深く掘り下げられて
未来を、人間としての、人類としての
新しい未来を
希望を描きだそうとする
やがて、全身に力はみなぎりはじめ
そのみなぎる力で
人は大地を蹴って
歩きだす
幾多の魂たちと出会うために
力を合わせて
ゆっくりと
走りだす
出口を探し求めて

最初の言葉は、最初の一行となり
最初の一行は、最初の一篇の詩となり
一篇の詩が
たったひとりに伝搬すると、その胸元をつかみ、揺り動かし
不安と疑問を、水面に浮かべ、疑念と憤怒を、固い土から掘り起こす
たったひとりは、たったふたりとなり、三人となり、十人となり
千人となり、百万人となっても、だが
たったひとりは、未だ孤立したままで
たったひとりは、張り裂けるほどの逡巡《しゅんじゅん》に、微塵も動けず
抗うことなど果てしなく遠く

誰が真に希望をもてるというのか
誰が勇気を奮い立たせるというのか
誰もが青白く震撼し
誰もが地の中へ、水の中へ
深く深く逃れ、潜《ひそ》みたいと

凍えながら身を屈《かが》めるとき

信じよう
一篇の詩、たった一篇の詩の
その一行、その一行の
たったひとつの、その言葉
その言葉によって
戦いの火ぶたは、まばゆいほどに切られ
人間の、人間の、人間の熱い血潮が
煌めく流星のように、空いっぱいに広がり
いのちの嵐となって、銀河を駆けめぐることを

最後の一行を書き終えると
彼女は、詩を暗唱する
胸の奥深く、いく度も、いく度も
そして、トイレの丸窓から見える

青い空に向かって、想いを羽ばたかせる
「わたしは一緒にいく
愛しい人と
この世界を
取りもどすために」
詩が編まれた、灰色のトイレットペーパーが
静かに水に流される
彼女はささやく
「わたしは負けない」

臆病風

臆病風を吹かせていくんだ、ぼくは
これが意外な大航海で
果てもわからぬ水平線に
朝焼け色のでっかな帆を
帆柱高く、たかくたかく
臆病風でいっぱいにふくらませて
ゆっくりしっかり
舳先よ進め！　と
臆病だけどなぜか自信満々
夢みる世界へ航行する
だって臆病風は自分で吹かせる風だから

この背中と胸のあたりから
ふわふわ、ぶわっと
自分の想いで吹きあげて
長くながく吹きあげて
風まかせ、なんて
他人まかせ、の行く手ではなく
吹かせる風で
希望の岸辺へと
大航海を果たせるだろうと

ああ、そうなんだよ
臆病風は
吹かせる、と
吹かれる、とでは
おおちがい
臆病風に吹かれるのは

こころ弱くてしり込みして
ちょっと寂しいことかもしれないけれど
いやいや、それは
少しもはずかしいことではなくて
ぼくだって、しょっちゅう臆病風に吹かれるけれど
臆病風を吹かせるには、うん、なにか
自分で自分を、そう、ゆさぶって
小さなゆらりを、大きなゆらゆらへ
ひゅるひゅる、風を育てるように
吹かしはじめて吹きあげて、そうだね
臆病風を吹かせることって
けっこう勇気がいることなのに

みんなが笑うんだ、臆病風を
それが吹かせる臆病風、だとしても笑われてさ
でもね、笑うやつは笑えばいい

尊敬される、なんてことは
滅多にありはしないけど
臆病であることにも自慢があって
風を読まない
風になびかない
風に流されない
だって自分が吹かせる風だから
臆病風はいつだってぼく自身

臆病だから、危険をピクリと察知して
臆病だから、あるべき幸せに敏感で
臆病だから、からんだ糸をどう解きほぐすか
あれやこれやと問いつづけ
臆病だから、ずっとずうっと先のことまで考えて
臆病だから、世界の未来を放っておけなくなって
臆病だからこそ

理想を青空いっぱいに輝かせてさ
おかしなことに
臆病が臆病を叱りつけて
背中をぐぐっと押してやれば
臆病なくせして
さあ、今度は世の中に向かって
けっこうはっきりと
言うべきことはしっかり言って
やるべきことは勇気をもって、さ
そう、恐くなんてないよ
泣かなくったっていいよ
誰もが笑いあえる
そんな世界にしたいな、と
臆病だからロマンがある
臆病だから力が湧く
臆病だから闘ってやろう、と

思って、でも、ね
臆病だから、とてもひとりでは
ひとりの力だけではできそうもない、けど
臆病だから声かけあって
みんなでいっしょに
臆病風を吹かせて、ね
暖かくやさしくみんなで
ふわふわ、ぶわわわわって吹かせていけば
臆病風のぬくさが
どんどん、どんどん広がって
世の中がまあるくポカポカしてきて
少しずつ世界が住みやすくなっていくだろうと、ね
その時、きっと
ぼくの背中の臆病風もすっかりやんで
ほんとにのんびり

やわらかな緑の風に吹かれているんだろうな、と
臆病風は夢みている
ほんわかゆらいで
夢みている

せつない

せつない
せつない、な
と、つぶやく
じぶんのことではなく
きみのこころのいま、が
とてもせつなくて
せつなくかんじられて

かぼそい、とてもかぼそい
はかない、いたみのない
いたみのように

せつなさは、かんじられてくるのだが
いや、いったいどこから
やってくるのか
このせつなさは
このきもちのさざなみは、と
たったいま、そのふしぎにであったかのように
たずねはじめ
じぶんのむねの、ちいさな
ちいさなみちを
たどたどしく
たずねはじめ
たどりはじめて
たどって
たどって、いくと
せつなさは
ときに、じぶんに

ときに、きみに
それから、たくさんのだれかにむかって
くくっ、と、かんじられ
きゅるっ、とも、かんじられ、いや
おとも、いろもなく
ただただそれは
せつなさ
せつなさそのもの、として
かんじられて
そしてじぶんに、またもどってきて
かんじられる
そのせつなさの
そのふしぎさの、ふしぎにおもいをはせながら
さらにすすむ、と
たくさんのせつなさの
こみちにであい

えだみちへはいり
いっそ、みちともいえぬ
みちなきみちをたずねていく、と
あっちこっち、と
ようやく、と
たずねていく、と
ああ、ここらあたりが
せつなさの
みなもとなんだ、と
ふいに、おもいあたり
この、ほんの
ひとさじの
こころのばしょが
みなもとにちがいない、と
みょうになっとくして
さみしくてかなしくて、なぜか

やわらかくてあたたかくて
わけもわからぬまま
ためいきをつく、と
ためいきのなかから
ひとつぶの
たねが
ふっ、と、とびだし
びっくりして
とてもびっくりして、とまどうが
はて、これは
これはなにか、と
めをこらすと
はっとして
とても、はっとして
このたねは、つなぐもの
せつなさを

つないでいくものだ、と
ひかりがともるように、きがついて
ああ、せつなさとは
たいせつな
たいせつな
いのちのみなもと
たからもの
と、まっすぐに
ふにおちて
たねの、おちるがままに
そっと、やさしく
こころのうちにうめてみる
しっかりそだてよ、と
いきをふきかけ
ほほあてて

そうなんだ
せつなさは
ちから
せつなさは
すきとおるような
いきるちから
きみのたびするみちしるべ

せつない
せつない、な
と、つぶやく
いま、きみのことが
とてもいとおしく
せつなくて

あとがき

普段は詩を読むことのない誰かと、とても大切なその人と、一篇の詩を通して、ほんのささやかでも、こころとか魂とか呼ばれるもので響き合いたい。そんな想いが、今、私の詩を書く動機となりエネルギーとなっています。

言葉を綴ることの面白さを教えてくださった萩原朔美さん、詩を書き続けることを勧めてくださった故鈴木志郎康さん、詩の趣について多くのことを学ばせていただき、詩集の発行へと導いてくださった川口晴美さん、そして川口さんのもとに集い共に詩を書き読んできた仲間に、こころより感謝を申し上げます。

編集の藤井一乃さん、装幀の佐々木安美さん、装画の佐々木古奈さん、皆さんのお力で私の最初の詩集は、ひとつの形となって生まれでることができました。深くお礼を申し上げます。

そして、詩集の完成を見守ってくれた家族にたくさんのありがとう、を。

詩集『ぼくは歩いていた』を亡き父母に捧げる。

オリオン瞬平

歩行は続く、どこまでも

オリオン瞬平『ぼくは歩いていた』に寄せて

川口晴美

オリオン瞬平さんの詩と出合ったのはもうずいぶん前。鈴木志郎康さんが渋谷の東急プラザで開講していた詩の教室（私も初めは受講生だった）に、その頃は本名でオリオンさんは参加していた。若いとき詩を書いていて……と少し照れたように微笑み、それでもおそらくは若いときとまた違う感じで書いたのだろう詩を何篇か提出したオリオンさんは、しばらくすると姿を見せなくなった。

社会人向けの教室ではそういうことはよくある。仕事が忙しくなったり、引越したり、詩よりも強く惹かれる何かに出合ったり、家庭の事情があったり。大人の人生は複雑だ。講師側に立つことになった私はそのたび静かに見送る気持ちになる。そのひとがいつかまた詩を書く、ということがたとえ起こらなかったとしても、人生のいっとき詩を書いたり読んだりしたことを忘れないでいてくれるといい、と願いながら。思春期の熱に浮かされたように書いた詩でも、大人になってから当たり前の世間的な言葉では掬い取れない思いが生じて詩に手を伸ばしたのだとしても、それは見えない種のようなもので、芽吹くかどうかは別として、そのひとのどこかに存在し続けるのだと思う。

教室にあらわれなくなってからも、オリオンさんのことは覚えていた。年賀状やイベントの案内をたまに送ってもいた。いつかまた、があるような気がなぜかした。そして数年前、オリオンさんは本当に、鈴木志郎康さんから私が引き継いだ詩の教室に、二十年ぶりくらいにあらわれたのだった。

忙しかった仕事がひと区切りついたから……というようなことをはにかむように言って、オリオンさんはまた詩を書き始めた。最初は肩ならしのように。それから次第に勢いづいて、一度に何篇も提出されるようになった。それらは、〝若いとき〟書いていた詩篇の自己模倣のようなものではまったくなく、中断前に読んでいたオリオンさんの詩とも違っていて、しかも書き進むうちにどんどん変化していき、今度はこうきたか！と驚いたり笑ったり、他の受講者さんたちといっしょに楽しみにするようになった。オリオンさんは、詩を書いたり読んだりしていなかった間も、その種を、日々生きていくなかで育み続けていたのだと、よくわかった。

海は昔から変わらずそこにあっ**た**のだ**だ**が、
打ちよせる波はいつも新鮮である。

（「**た**」のお話」より）

そのようにしてたどり着いた第一詩集『ぼくは歩いていた』に、最も〝若いとき〟の詩は残念ながらほぼ収録されていないのだけれど、それらがあったからこそ、数年後の、そして数十年後の詩が書かれたことが伝わる。今はもうここにない過去へ向けた思いの結晶のような手触りのある「五月にはちまき食べたべ・一九七五」とその返歌、そして「コールタール」。そこから、現在の社会へのまなざしを宿した寓話でもある詩へ、オリオンさんの詩は広がっていく。歩みはいっときも失われなかったのだ。それを象徴するかのように、この詩集の詩篇はそれぞれ行から行へのスピード感がいきいきと魅力的で、読むほどに引きこまれる。

ファンタステックな奇想の「いっぽんの木」や童話めいた「照らされて」、発想の面白さにうなりながらも不思議としんみりさせられる「「た」のお話」、驚きの展開がコミカルで大胆な「お品書き」、口にしたくなる音が飛び跳ねるような「ソレルバルル」「サンダル王の悲願」、ディストピアSFとしての「黎明またはいのちの嵐」。さまざまな内容には、オリオンさんのそのときどきの歩行とも思えるリズムが息づいていて、そこに遊び心が弾んでいたり、切ない祈りがこめられていたりする。

数十年分の膨大な数の詩篇から厳選した十二篇だから、オリオンさんの作品は実際にはさらに多様だ。現在を受けとめながら、オリオンさんの詩は未来へ差しのばされ始め、「臆病風」や「せつない」では、未来のどこかにいる誰かにも届こうとしている。歩みはまだまだ止まらない。この先に続く一歩を見守り、見送りたい。

ぼくは歩《ある》いていた

著　者　オリオン瞬平《しゅんぺい》

発行者　小田啓之

発行所　株式会社 思潮社
〒一六二 - 〇八四二 東京都新宿区市谷砂土原町三 - 十五
電話〇三 - 五八〇五 - 七五〇一（営業）
〇三 - 三二六七 - 八一四一（編集）

印刷・製本　創栄図書印刷株式会社

発行日　二〇二三年十一月三十日